ADOLPHE VARD

LÉGENDES NORMANDES

FLEUR-DE-SUREAU

VERNEUIL

IMPRIMERIE ET LITHOGRAPHIE J. GENTIL

1898

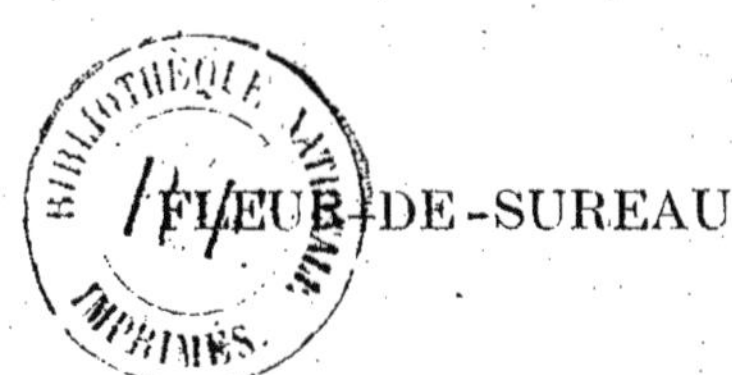

FLEUR-DE-SUREAU

ADOLPHE VARD

LÉGENDES NORMANDES

FLEUR-DE-SUREAU

VERNEUIL
IMPRIMERIE ET LITHOGRAPHIE J. GENTIL.

1898

En mémoire et comme gage
de l'Amitié
qui me lie à Jules Gentil,
le penseur profond, le poète délicat et élevé,
je dédie et j'offre
cette légende normande :

« FLEUR DE SUREAU »,

avec l'hommage de ma plus sincère et
plus vive affection,
à Mlles Yvonne, Jeanne et Marcelle Gentil,
ses filles adorées,
pour être mise entre leurs mains
à l'heure où, d'enfants, elles seront
devenues jeunes filles.
Puissent-elles y trouver
une récréation innocente et une leçon
dont l'exemple de leur mère les dispensera
d'avoir besoin,
et se souvenir
de celui qui — vivant ou mort — les
aima et les admira
aux jours fugitifs — et déjà lointains
alors, — aux jours heureux
où, dans le nid paternel,
elles étaient encore de petits anges mutins
aux minois roses, aux prunelles d'azur
comme l'aile du martin-pêcheur des rives
de l'Avre
et du papillon des luzernes,
et comme celles de la muse et des rêves
de leur père bien-aimé.

Adolphe VARD.

FLEUR-DE-SUREAU

I

Le dernier son de cloches de la messe du vigile de Pâques fleuries venait de tinter et Jacques Fili, le robuste vigneron de Tosny, revêtu du surtout de laine des grands jours, allait mettre le pied sur le seuil de sa métairie, se dirigeant vers l'église du village, voisine de sa demeure, quand la Françoise, qui était retournée à la chambre nuptiale pour y prendre son chapelet, s'affaissa sur le fauteuil au dossier de paille tressée, où ses hardes de tous les jours étaient jetées pêle-mêle, et fit entendre un gémissement d'angoisse.....

Jacques comprit que sa femme allait une fois de plus être mère. Il fit en grande hâte les démarches accoutumées en pareil cas. La journée entière, et la nuit qui suivit, s'é-

coulèrent dans les tourments pour la femme
et dans les transes pour le mari. Le lendemain dans la matinée, le métayer s'absenta
quelques instants du chevet de la patiente,
l'anxiété rivée à l'âme, et, traversant la
rue, vint s'agenouiller sous le porche de
l'église, où se faisait alors la distribution
des rameaux de buis bénit ; puis il pénétra dans la nef, entraîné par le flot des
fidèles, et s'attarda quelque peu à prier
pour la malade.....

Lorsque l'infortuné vigneron revint à
la métairie, il était père une fois de plus
et veuf à tout jamais : la Françoise, passée
de vie à trépas, avait donné le jour à une
fluette petite fille.

II

Quand il eut secoué un peu son acca-
blement, Jacques, qui était resté longtemps
inerte et noyé de larmes, se mit en devoir
de planter, suivant la coutume de ce temps-
là, des ramilles de buis bénit sur le faîte
des toitures et dans les ais de toutes les
portes de la ferme ; puis dans tous les provins et sur les champs ensemencés dépen-
dant de sa chétive exploitation. En ren-
trant au logis, il glissa la plus verte bran-
chette dans l'osier tressé du berceau où
vagissait doucement l'enfantelette nou-
veau-née. Un tronçon du rameau doré
par les givres d'hiver resta aux mains du
veuf, rameau avec lequel il avait fait le
tour du cimetière en pavoisant de maigres
débris la tombe des ancêtres, et, toute
cette distribution achevée, Fili se reprenant à pleurer, plaça la verdure mutilée
sur la poitrine de sa femme, restée sans
souffle, plus blême que le linge où repo-
sait le doux visage aux traits altérés par
la souffrance, aux yeux éteints et clos de
celle qui, la veille encore, allait et venait
à ses côtés, souriante, pleine de vie, de
fraîcheur et de santé ; il s'affaissa sur les

genoux, appuya son front brûlant de fièvre sur les draps et gémit lui-même
comme un agonisant, lamentant sa jeunesse morte, ses amours dénoués et son
bonheur évanoui.....

On donna à la fillette sur les fonts bap-
tismaux le nom de Pâquette, comme on
avait appelé Noël un petit cousin, fils de
la sœur de Françoise, parce que le garçonnet était né au tintement du sacrifice
de la messe de minuit, trois mois et quelques semaines auparavant.

III

Jacques n'était pas assez riche pour
prendre une nourrice à gages. La mère
de Noël donna d'abord le sein à Pâquette ;
mais son lait, d'ailleurs peu abondant,
était un peu vieux pour l'orpheline.
Une chevrette de la ferme étant venue à
mettre bas sur ces entrefaites, on lui enleva
ses chevreaux avant le premier bêlement
et on plaça l'enfant à portée des mamelles
de la jeune bique qui, dans son inexpé-
rience, adopta comme issue de ses entrailles la petite créature délaissée. Pâquette, de
son côté, s'atttacha à sa nourrice aux lon-
gues mamelles, comme une biquette à sa
mère. On en fut quitte pour placer la ber-
celonnette d'osier dans un coin de la
bergerie à côté du grabat de la chevrière.
De temps à autre, la jolie bête se dressait
sur les pattes de derrière, s'assurait que
la petite était toujours là dans ses langes,
et caressait les frêles menottes roses et
parfois jusqu'au bout du nez de l'orpheline avec sa langue, plus rude qu'une râpe
à sucre, et sur laquelle s'émoussaient les
dards de la ronce, et les aiguilles des
églantiers. Pâquette faisait entendre alors
— le plus souvent sans s'éveiller — de
petits gémissements de malaise qui tiraient
la bergère de son lourd sommeil ; celle-ci
donnait une tape sur le museau de l'indis-
crète et tout rentrait dans l'ordre.

La chèvre répondait au nom de Tintenelle ; elle avait toujours été choyée de la Françoise plus que les autres bêtes du troupeau, bien qu'elle ne fut pas née à la ferme, où elle avait été accueillie dans les circonstances suivantes.

IV

Une nuit de Toussaint, la femme du père Fili avait été tirée de son premier somme par des bêlements plaintifs qui semblaient venir de la rue. Elle pensa qu'une des chèvres de la métairie, s'était attardée la veille à brouter à l'écart des autres, avait été oubliée aux champs et qu'effrayée peut-être par les émanations du loup, elle demandait en son langage qu'on lui ouvrit la porte de la cour et celle de l'étable. La Françoise sauta vivement du lit et, du seuil du logis, aperçut une chevrette noire de petite taille qui, dressée en dehors contre l'huis et le museau glissé entre deux barreaux, semblait implorer asile. A quelques pas en arrière, un grand chien d'un roux ardent, aux yeux flamboyants, était assis sur la chaussée et les oreilles dressées, le mufle tourné vers la lune, hurlait *au perdu* dans les ténèbres. La femme du vigneron, un peu effrayée, entr'ouvrit cependant la barrière mobile. La chevrette entra sans hésiter et le grand chien au pelage fauve prit la fuite ventre à terre du côté des bois.

V

Pâquette n'eut pas d'autre nourrice, ni presque d'autre gouvernante pendant le premier âge que Tintenelle, et s'évertua de bonne heure à se traîner, d'abord à quatre pattes, puis à se dresser sur ses deux pieds en se cramponnant à la toison de la

chèvre. Il ne manquait à cette éducation
primesautière que le tintamarre des cory-
bantes et les grognements de cet ogre de
Saturne pour faire ressembler l'enfance
de la fille du père Fili à celle de Jupiter.
C'est une comparaison que le maître d'é-
cole du village — lequel n'était autre que
le père de Noël et le mari de la tante de
l'orpheline — ne manqua pas de faire,
non sans un à-propos assez pittoresque.

VI

Pâquette, nourrie par une chèvre, élevée
par de grands parents qui n'avaient guère
le temps de s'occuper d'elle, n'eut d'autres
compagnons d'enfance que les biquets de
Tintenelle et son cousin Noël, ni d'autre
mère que cette tante. L'enfant passait la
plus grande partie de ses jours à se
chamailler avec ses frères de lait, à fo-
lâtrer, cueillir et manger des mûres et
des fraises parmi les buissons et aux
environs des bois dont le village de Tosny
est entouré. Elle se plaisait d'instinct dans
le cimetière, à un endroit où elle avait vu
son père, tout en larmes, s'agenouiller
fréquemment et se glissait, au travers des
haies, dans ce lieu funèbre avec les allures
furtives d'un perdreau de la plaine, tandis que Tintenelle broutait les buis, les
houx et le lierre aux alentours. Il se ren-
contrait çà et là dans les clôtures de ce
« champ du repos » de grosses touffes de
sureau où Pâquette, en quelques bonds,
s'élançait, courant de branche en branche
à la façon des écureuils et des
grimpereaux. Elle — qui n'avait jamais
connu les câlineries d'une mère — aimait
à se bercer sur les ramifications noueuses
et grêles de ces arbustes, pendant de lon-
gues heures, toute seule, couronnée de
matelets, de corymbes de fleurs et de baies
vertes ou noires, suivant la saison ; tant

et si bien que son oncle le magister la
surnomma *Fleur-de-Sureau*, sobriquet
que lui conservèrent dans la suite les
commères du pays et que sa famille elle-
même adopta.

VII

Jacques, à la naissance de Pâquette
avait déjà plusieurs enfants de la Françoise, toutes filles : un garçon venu par
surcroit n'ayant pas vécu. Il aimait à
plein cœur cette nichée, dont les aînées
étaient déjà grandes ; mais il ne pouvait
jeter les yeux sur la dernière venue sans
sourire et sans pleurer. Et pourtant les
traits de Fleur-de-Sureau ne rappelaient
en rien le visage de sa mère, dont la chevelure était couleur de nuit, tandis que
la tête de Pâquette restait d'un blond un
peu vif, luisant et vermeil. Le regard de
la Françoise, noir comme la mûre velou-
tée des haies, n'avait aucun rapport avec
celui de l'enfantelette, dont les yeux, couleur d'un ciel d'automne, étaient nuancés
d'or comme la vesprée d'un beau jour.
Fili était offusqué, fâché et comme dépaysé
de ce défaut de ressemblance ; les commères du village renchérissaient encore
sur cette prévention. Les grands yeux
profonds et vifs, admirables d'éclat et
de douceur de l'orpheline, ne leur
disaient rien de bon ; elles les taxaient
d'égarement, se voilant la face de leurs
mains avec des terreurs feintes ou détour-
naient leurs regards avec affectation pour
les arrêter complaisamment sur des visages
mal taillés, dont les yeux étincelants de
méchanceté, semblaient percés à coups
de vrille dans les chairs bouffies et dis-
paraissaient presque sous des paupières
lourdes et retombantes.

Les mères dont la progéniture était
nantie de bouches fendues au travers des
joues à ce point que cette crevasse simies-
que paraissait seulement arrêtée par le

bourrelet des oreilles, ne tarissaient pas à
rire de la petite Fili qui n'avait « tant seulement pas de bouche ». Il fallait voir les
maritornes reculer en se pinçant le nez
quand survenait Pâquette, coiffée de sureau dont elles trouvaient que la fleur
« sentait fort ». Mais ce qui navrait surtout le père et choquait davantage les
voisines, c'était la couleur hasardée des
cheveux de l'enfant.

Au village — et il en était davantage ainsi
peut-être, au temps où se passaient les
faits qui font l'objet de ce récit — la no-
menclature des couleurs n'est guère plus
étendue que celle des idées. Les éleveurs
percherons appellent encore aujourd'hui
rouge tout cheval qui n'est pas blanc et
— partout ailleurs en Normandie —
une chevelure de nuance autre que foncée
est tenue pour rousse. Le jaune, — cette
splendide fraction du prisme, emblème
de la richesse et de la lumière radieuse
couleur dont la nature a revêtu les dix-
neuf vingtièmes des fleurs et dont les
Orientaux font autant de cas que les anciens
de la pourpre — le jaune et ses dérivés
sont tenus pour laids et ridicules. Aussi
ne faut-il pas s'étonner outre mesure si
d'affreux mioches aux tignasses hirsutes
d'un brun terne et sale, stylés par les giries
et les répugnances maternelles, appelaient
Fleur-de-Sureau « La Roussie » et la pour-
suivaient dans les rues de leurs piailleries
et de leurs huées.

VIII

Un dimanche que Pâquette sortait de
la messe, sa petite main frêle dans les
grosses mains rugueuses du père Fili, l'une
des dames du château, très vieille, mais
dont la physionomie pensive et souriante
était empreinte de bienveillance et de
bonté, les arrêta tous deux au passage
sous le porche de l'église, regarda longuement, avec intérêt, l'enfant timide et rou-

gissante, et demanda au vieux Fili d'où lui venait cette fillette. Le paysan secoua la tête et se mit à sangloter :

— Vous la trouvez... drôle, n'est-ce pas, — dit-il, — c'est ce que chacun me dit au pays ; mais elle n'est pas à beaucoup près aussi bête qu'elle est laide ; elle n'a pas mauvaise tête ; elle a bon cœur...

— Comment laide ? — répartit la dame. On vous dit au village que cette enfant est laide ?

— Hélas oui, madame.

— Et qui dit cela ?

— Tout le monde.

« Mais j'en ai d'autres, — poursuivit le bonhomme autour duquel étaient venues se grouper une demi-douzaine de gamines à la tête carrée, aux traits enlevés à coups d'ébauchoir sommaires, aux gros yeux en boules de loto dont le regard était terne et vague comme celui de ses yeux à lui et comme ceux de la défunte. La châtelaine ouvrit sa lorgnette d'ivoire et regarda, sans pouvoir comprimer entièrement une forte envie de rire, la poussinée de laiderons sautillant autour du laboureur. Deux d'entre elles, qui paraissaient les aînées, avaient joint les deux mains au dessus de leur tête et se tenaient le corps comme disloqué et déhanché, appuyées sur l'une de leurs pieds énormes emmanchés de tibias grêles. Une autre balançait les bras autour d'elle, de ci, de là, à la façon des squelettes de pendus oubliés à la fourche patibulaire et secoués par le vent. C'était entre elles à qui serait la plus maussade et la plus disgracieuse.

La châtelaine, reprenant avec quelque peine son sérieux, dit au bonhomme interdit :

— Ainsi, vous trouvez celles-ci plus belles ? Eh bien ! je ne suis pas de votre avis. Venez avec moi, mignonne, ajouta-t-elle en prenant la menotte de Pâquette entre ses mains finement gantées.

— Je vous la renverrai tantôt, père Fili ;

vous me direz si vous continuez à la trouver laide encore.

Le bonhomme se confondit en remerciements, en excuses, et reprit le chemin de son logis avec le surplus de sa marmaille, le cœur tout retourné de surprise et d'émotion.

IX

Fleur-de-Sureau revint le soir de chez le seigneur de Tosny, parée comme une châsse et brillante comme le Saint-Sacrement. Ses longs cheveux bouclés, peignés avec soin et naturellement luisants, s'échappaient sur ses épaules d'un serre-tête en velours vert, bordé d'un galon d'or et se répandaient sur un corsage de même étoffe, couleur lilas clair. Son frais visage, débarbouillé avec soin, était si véritablement et si foncièrement beau que les commères, dans les rues, la trouvèrent plus ridicule et plus « drôle » que jamais et la poursuivirent d'une telle bordée de rires mauvais et jaunes, faits surtout de haine instinctive et d'envie, que la pauvrette courut, en pleurant, se réfugier dans les bras de son père.

Fili, à son tour, regarda longuement Paquette,

— Seigneur, mon Dieu, — dit-il, tout saisi, après l'avoir embrassée pour sécher ses larmes, — la belle dame avait raison ! et pourtant elle aurait aussi bien fait de garder tout-à-fait ce petit martin-pêcheur qui dépareille ma couvée d'alouettes et qui me rappelle toujours, quoique je fasse, la mort de ma pauvre Françoise, que Dieu m'a ôtée en me donnant en échange une créature qui semble n'être pas de notre maisonnée ni même de ce monde.

Noël survint. Lui aussi fut saisi de surprise et d'émotion en revoyant Fleur-de-Sureau dans ses riches atours, et frappé

de saisissement à ce point qu'il recula
d'abord, puis flageolla sur ses jambes
comme s'il allait se jeter à genoux devant
la fillette.

— C'est bien toi, Pâquette ? — dit l'enfant du maître d'école en joignant les
mains — ou n'est-ce pas plutôt la mignonne
Bonne-Vierge que la Sainte-Anne de
l'autel de la confrérie tient par la main à
l'église, dans sa niche fraîchement refleu-
rie, depuis hier, par la fille du sonneur
de cloches ? Je ne sais à quoi tient que je
te dise *Ave Maria* comme à la petite
Notre-Dame de là-bas !...

X

Un jour d'été que le bonhomme Fili était
occupé à sarcler ses vignes sur le versant
rocheux des côteaux qui dominent la Seine,
tandis que Fleur-de-Sureau jouait et que
Tintenelle broutait dans les oseraies des
berges, à peu de distance et au-dessus du
village de Tosny, un léger canot remon-
tait le fleuve, venant de la rive opposée et
vint aborder précisèment à l'endroit où
se trouvait Pâquette. Cette embarcation
était conduite à voile et à rames par un
domestique du château ; la vieille dame
qui s'intéressait à la fille du vigneron, s'y
trouvait avec deux jeunes enfants à peu
près du même âge que celle-ci, garçon et
fille, vêtus comme sont d'ordinaire — ou
plutôt comme l'étaient en ce temps-là —
les enfants de parents riches. Là « demoiselle » restait assez laide, en dépit de
ses beaux atours, et l'expression de ses
traits, à peine formés, était loin de racheter
leur défaut de régularité. Le garçonnet,
au contraire, était beau et bien fait. Fleur-
de-Sureau vit moins ses grands yeux vifs
et bruns, ses traits fins et délicats et sa
chevelure soyeuse et bouclée que le su-
perbe habit de velours rouge sombre brodé
de pensées en soie bleue dont il était vêtu,
sa veste jonquille, son jabot de dentelle,

le tricorne à plumes blanches et frisées dont il était coiffé, ses bas écarlates et ses mignons souliers de peau dé daim à talons vermillon, surmontés de boucles d'or où flambait un âtre en plein midi: comme si le joaïller eut jeté et serti sur chacun d'eux une poignée de vers luisants. Il appuyait négligemment l'une de ses mains sur un jouet planté à son côté—jouet qui était une épée — et l'autre main sur une frêle canne de jonc à poignée d'argent ciselé presque aussi haute que lui. Cette apparition remua profondément la fille du père Fili. Elle se demanda si ces deux jeunes oiseaux au plumage brillant étaient éclos sur la terre qu'elle-même foulait aux pieds; s'ils n'étaient pas descendus des étoiles ; si la barque qui les avait amenés n'était pas allée les chercher aux Iles Fortunées, dans ces lointaines contrées des pays du rêve habitées par les enchanteurs et les Fées, et dont l'entretenaient les contes de la mère de Noël.

— Regarde Aldéric, la jolie chèvre et la charmante petite fille, — dit la vieille dame au garçonnet.

Tintenelle, à la vérité, était une ravissante bête à la tête svelte, bien coiffée de cornes couleur de vieil ivoire ; elle avait au cou deux excroissances pendantes plantées de chaque côté bien en face l'une de l'autre, à la même hauteur et couvertes de poils soyeux du blanc le plus pur qui tranchaient crûment sur le jais de la robe comme deux clochettes d'argent suspendues à un collier invisible. C'est ce double appendice qui, remarqué par la Françoise, avait valu à la bestiole son nom de Tintenelle.

Le jeune garçon tendit l'une de ses mains gantées de violet vers la chèvre qui effleura de sa langue raboteuse le gant du petit châtelain ravi.

— Oh ! ma tante ! — s'écria-t-il d'une voix suppliante, — si tu voulais m'acheter ce joujou-là...

— Quel joujou ? — dit la dame en souriant, — la fillette ou la chèvre ?

Aldéric tourna vivement les yeux du côté de Pâquette, qu'il considéra attentivement, et ramena ses regards vers la jeune fille qui l'accompagnait, comme pour comparer celle-ci à la petite bergère.

— Toutes deux ! — fit-il en soupirant.

Les jours suivants et tant que durèrent les vacances, temps pendant lequel Aldéric et sa cousine Radegonde séjournèrent à Tosny près de leur tante, un domestique galonné comme un prince, vint chaque matin chercher Fleur-de-Sureau et Tintenelle pour les amener au château où toutes deux faisaient la joie des châtelains, petits et grands, vieux ou jeunes. Ce furent deux mois vite écoulés pour Aldéric et pour Pâquette, bien longs et quelque peu cruels pour Radegonde — qui devenait jalouse des attentions de son cousin pour la petite paysanne ; longs encore pour Noël, lequel portait à celle qui fut quelques semaines sa sœur de lait, une affection passionnée et ne prenait goût aux amusements de son âge que s'ils étaient partagés par celle-ci.

Fleur-de-Sureau continua à être l'objet des prévenances et des cadeaux de la vieille dame qui, de temps à autre, l'envoyait encore prendre pour lui faire partager le goûter et les jeux des demoiselles du seigneur de la paroisse parmi lesquelles la fille du père Fili ne semblait nullement dépaysée ni enlaidie, malgré la différence d'accoutrements. Cela dura encore quelques années ; puis sa protectrice étant venue à mourir, Pâquette cessa d'être mandée au château où personne ne s'intéressait à elle au même point que la défunte. Elle ne voyait plus Aldéric que de loin en loin, les dimanches à la messe paroissiale, et quand le jeune garçon entrait, comme par hasard, en passant devant la métairie.

XII

Cependant l'époque fixée pour la première communion à Tosny s'avançait ; Pâquette, Noël, Aldéric et Radegonde faisaient parfie de la petite troupe des catéchisés. Fleur-de-Sureau avait entendu dire que cette dernière devait revêtir à cette occasion une magnifique robe blanche. Quant à la pauvrette, la couturière du village lui avait déjà confectionné des habits en prévision de ce grand jour ; ils étaient fort propres, sans doute, mais i's manquaient absolument d'élégance. La jupe était d'un froc noir excellent à l'user, mais fort peu luxueux ; un casaquin en serge verte et un devanteau violet à bavette complétaient l'accoutrement : car, en ce temps-là, les robes blanches n'étaient pas d'usage en province, même pour les mariées, si ce n'est dans les grandes villes et parmi les riches soucieux de se distinguer.

Pâquette rêvait toute éveillée de la robe blanche de la demoiselle du château. Elle aurait donné tout au monde pour se procurer une robe, de couleur blanche aussi, et plus belle que celle de Radegonde ; cette convoitise harcelait nuit et jour la fille du père Fili. Un soir, sur ces entrefaites, elle entendit parler à la veillée d'un paysan de Bernières qui, n'ayant pas assez d'argent pour solder un champ dont il avait fait acquisition, était allé trouver à minuit les fées qui dansent à la lueur des étoiles dans les clairières du Bois-des-Dames et qui sont des démons femelles très obligeants, mais dangereux à proportion ; cette histoire fit une forte impression sur Pâquette et trotta longtemps dans son cerveau.

XIII

Les fées ont un mauvais renom dans la
contrée, et surtout celles qui, depuis l'é-
poque la plus reculée, ont élu domicile à
Tosny, dans le bois qui porte leur nom,
bois dont les avenues font suite à celles
du château. Malheur à qui, dans le besoin,
s'adresse à ces follets ! Il ne fait tôt ou
tard, — outre les risques de damnation
éternelle, — que tomber d'une détresse
dans une autre plus grande que la première. Malheur au passant qui ne pren-
drait pas la fuite d'un pied assez alerte
quand le galoubet sinistre du ménétrier
de ces âmes en peine, fait entendre sa mu-
sique grêle et endiablée sous les chênes
où tant de muguets profanes, tant de nouets
ensorcelés se balancent en mai au vent
des nuits, sous les rayons de la lune, en
compagnie de mille autres plantes bizarres
dont la feuille glauque est tachetée comme
un ventre de vipère (*), dont la corolle
sournoise semble tirer en moquerie la langue au nez du passant (**), grince comme
une gueule de bête irritée ou ressemble à
des araignées et à des guêpes (***) !

(*) La pulmonaire sylvestre.

(**) Le satyrion-bouquin.

(***) Les ophrys singe, abeille, moucheron et araignée dont les corolles singulières offrent, dans leur
bizarre conformation, les plus surprenantes ressem-
blances avec les animaux que leurs noms désignent ;
l'orchys « homme pendu » : le labelle oscillant
de la fleur de ce dernier simule un supplicié par
la hart. Toutes ces plantes rares et étranges abon-
dent dans le Bois-des-Dames, où les meneurs de
loups, toucheuses de carreau et pâtres s'occupant
de médecine basée sur la magie noire associée à
l'herboristerie, venaient, de toute la contrée, s'en
approvisionner.

XIV

Au cours de la nuit qui précédait le
jour de sa première communion, Fleur-
de-Sureau — qui s'était endormie en mur-
murant les *ora pro nobis* des litanies de
la Vierge — revit en rêve le paysan des
histoires de la veillée, revenant du Bois-
des-Dames, ses mains et son chapeau
remplis des pièces d'or que les fées lui
avaient données. Elle se rendormit diffi-
cilement et fut une seconde fois assaillie
par le même songe. Enfin, vers minuit, à
la suite d'un assaut tentateur qui la secouait
comme une fièvre, elle se levait, s'habil-
lait en hâte, soulevait d'une main tremblante
le vasistas de la vieille fenêtre à châssis
en glissière donnant accès de la chambrette
dans la cour de la métairie, et prenait sa
course du côté de la forêt, à travers
champs.

La fille du père Fili était peureuse
comme une mésange des haies, mais
elle avait tant d'envie de vêtir le lendemain une robe qui la rendit aux yeux
de tous, à ses propres yeux — et surtout
à ceux d'Aldéric, — aussi bien parée que
Radegonde ! A peine eût-elle mis les pieds
sur le chemin qu'elle vit courir devant
elle, dans la direction du bois, Tintenelle qu'on avait sans doute oublié d'en-
fermer la veille dans le bercail avec les
autres bêtes. Il faisait un clair de lune
naissante, encore indécis. En passant
devant le cimetière, dont la croix se dressait au-dessus des aubépines de la clôture,
l'enfant hésita quelques moments : elle
avait cru voir une forme blanche se dresser aux abords d'une fosse et s'élancer
vers elle, les bras tendus. Les fileuses de
chanvre dans leurs récits des veillées d'hiver, assurent que c'était la mère de la
petite bergère, revenue de l'autre monde
et qui se précipitait pour retenir sa fille à

cette heure décisive de perdition suprême,
à cet instant de mort de l'âme pire que
l'autre mort....

Mais Fleur-de-Sureau — qui n'avait
jamais vu sa mère, fût-ce en rêve, —
Fleur-de-Sureau, nourrie par une chèvre,
avait sucé avec le lait quelques-uns des
défauts de la race au pied fourchu, au
front cornu ; elle était d'humeur fan-
tasque, capricieuse à l'avenant, entre-
prenante et têtue par surcroît autant
que les biquettes les plus folâtres. Elle se
roidit contre sa terreur et s'enfuit sur les
traces de Tintenelle jusqu'à la lisière du
bois sans s'arrêter ni reprendre haleine,
comme si quelque démon propice lui eût
cousu aux talons les ailes de la chouette
que son père, la veille, avait clouée sur
l'huis de la métairie pour conjurer les
« mauvais sorts ».

XV

Les feuilles naissantes de la forêt fris-
sonnaient et s'envolaient arrachées par un
vent impétueux, quand Pâquette plus
agitée corps et âme, que les feuilles d'ar-
rière-saison emportées dans les ténèbres
par la tempête, parvint au carrefour des
Fées et s'arrêta, suffoquée et palpitante.
Elle hésita de nouveau quelques secondes
prise d'un remords anticipé, et se dispo-
sait à tourner ses pas du côté de la maison du père Fili...

Tout à coup elle se trouva dans les bras
d'une belle fille qui, du tronc noueux d'un
vieil ormeau, s'était élancée vers elle...

Fleur-de-Sureau voulut crier : sa langue se colla à ses dents, inerte et glacée.
Elle jeta des regards dilatés par la terreur
sur celle qui la retenait et l'attirait vers
son sein...

L'aventureuse bergère n'avait jamais
rencontré — elle pauvre enfant sans mère
— caresses plus empressées, damoiselles
aux plus doux sourires, aux plus beaux

yeux, joues plus roses, tempes d'albâtre
plus blanches ni baisers plus affectueux
que ceux dont la douce étreinte, pressait
son visage. Elle sentit s'envoler son épouvante comme une alouette surprise par le
chien de la métairie quitte son nid et prend
son essor en tournoyant au-dessus des
grands blés.

XVI

Une ou deux douzaines de ravissantes
créatures, toutes plus belles les unes que
les autres, coiffées pour la plupart de mu-
guet entrelacé dans leurs chevelures flottantes, avaient surgi des profondeurs du
bois ; il en survenait d'autres à chaque
instant. Toutes s'empressaient autour
d'elle, toutes lui souriaient et toutes vou-
laient l'embrasser ; toutes avaient aux
mains des fleurs étranges, à clochette,
dans le calice desquelles un ver luisant
scintillait comme la mèche allumée d'un
falot.

— Que veux-tu, petite ? — lui dit celle
qui, la première, l'avait accueillie, —
Que pourrions-nous t'offrir ?

— Parle sans crainte : nous possédons
plus de trésors dans nos demeures que
n'en eut jamais sous clé dans ses bahuts à
fermoirs d'or, Bérangère, la fiancée du
roi Richard-au-Cœur-de-Lion, dont tu
vois le château là-bas, au-dessus des saules
et des ormeaux, de l'autre côté de la
rivière.

Enhardie par toutes ces prévenances et par
l'exemple de Tintenelle, qui secouait gaie-
ment sa tête mutine, tout en dansant parmi
les apparitions — flattée qu'elle était de la
main et baisée au museau par les plus
enjouées — la fille du vieux vigneron
demanda une robe blanche pour sa première communion...

— Voici la mienne, — dit en sortant du
groupe des esprits une petite fée qui,
paraissant du même âge, avait la même

taille que Pâquette, et semblait parée
comme une reine bien que dévêtue en un
clin d'œil, elle fut restée en jupon court.

— Voici ma robe ; elle est à toi, — reprit la câline damoiselle, — mais à une
condition...

— A une condition ? — balbutia Fleur-
de-Sureau.

— Oui. C'est que tu arracheras la croix
de ton chapelet dont je vois deux ou trois
grains sortir de la poche de ton devanteau. Tu laisseras cette croix tomber à
terre, et tu ne diras rien à ton curé de notre
rencontre ni de tes agissements.

Pâquette recula en frémissant... Mais,
à mesure qu'elle faisait un pas en arrière,
l'obséquieux et souriant petit fantôme faisait un pas de son côté, le bras tendu et
la robe au poing, avec les agaceries pro-
vocatrices d'une marchande à la toilette
qui raccole un trottin de modiste pour lui
vendre un manteau de princesse de théâ-
tre.

Fleur-de-Sureau ne quittait pas la robe
des yeux.

Et quelle robe ! Tissée vraisemblable-
ment avec ces fils de la vierge qu'on voit
en octobre errer au souffle des brises, échap-
pés qu'ils sont du rouet de Notre-Dame.
La trame en était blanche comme la neige
et légère comme ces draperies flottantes
dont les nonnes entourent le socle des effi-
gies de la mère du Sauveur et de ces reli-
quaires que les échevins des confréries
portent, à la suite des croix d'argent de la
paroisse et des bannières déployées au
vent, tout en haut d'un bâton d'azur les
jours de procession...

Fleur-de-Sureau avait saisi instinctivement — pour la retenir ou pour l'arracher ?
— la croix de cuivre de son chapelet ; elle
la tournait et retournait entre ses doigts
agités de convulsions fébriles. Tout à coup
l'enfant sentit que cette croix se détachait
et voici qu'elle glissa entre ses doigts et
tomba sur les cailloux du chemin...

Aussitôt, deux de ses voisines saisirent

Pâquette chacune par une de ses mains et l'entraînèrent dans une farandole vertigineuse. La fille du père Fili prenait à cette danse un grand plaisir, et Tintenelle, restée au milieu de la ronde, accompagnait sa jeune maîtresse en bondissant plus haut que les cépées des taillis...

Au cours des sauts désordonnés que Pâquette esquissait dans le carrefour en envolées giratoires, elle vit ou crut voir scintiller dans l'herbe et la mousse, aux rayons de la lune, un objet brillant ; elle pensa que c'était la croix du chapelet qu'elle avait hérité de sa mère et se promit bien d'éviter de rencontrer du pied cette relique doublement chérie, mais il se trouva qu'à l'un des tours de valse qui suivirent, elle sentit tout à coup, à l'un de ses orteils, au travers de sa chaussure, comme le contact d'une tête de clou rougie au feu...

Fleur-de-Sureau pensa qu'elle venait de poser l'un de ses pieds sur cette croix de son chapelet et frissonna de tout son corps comme un jeune tremble agité par le vent.

Fidèle à sa promesse, la petite fée lui mit sur le bras sa belle robe blanche et la ronde se reforma sous les yeux de la fille du père Fili, restée en dehors. Pâquette commença sur le champ sa retraite à reculons. Elle vit de loin paraître et disparaître entre le rideau mouvant des bouleaux et des hêtres, les fantômes qui lui envoyaient des baisers. Elle accéléra sa fuite vers le village, toute joyeuse et toute troublée ; fit un long détour pour éviter le cimetière, toujours escortée de Tintenelle, rentra sous le toît de son père par la fenêtre restée ouverte et glissa la robe dans un bahut, légèrement posée sur ses autres nippes.

XVII

« La messe est un drame », a dit l'auteur d'*Envolées & Accalmies*. Celle où Fleur-de-Sureau devait faire sa première communion en devint un, rempli pour la naïve enfant de poignantes péripéties. Le matin, dès l'aube, elle avait avoué ses dernières peccadilles au bon curé de Tosny et, suivant la promesse faite aux fées, elle n'avait soufflé mot de sa rencontre avec les méchants esprits ni de la croix de son chapelet arrachée ét foulée aux pieds. Au *Kyrie eleison*, il lui sembla qu'une meule ardente tournait sur sa poitrine et pesait lourdement sur son cœur plein d'angoisse et d'élancements. Elle jetait de temps à autre un regard dilaté par l'épouvante sur le grand crucifix de l'entrée du chœur et — même quand elle détournait les yeux — elle voyait encore l'Homme-Dieu dont le front, sillonné des rides creusées par l'agonie, ruisselait de sueur et de sang sous la couronne d'épines, et son flanc, troué par la profonde et large blessure. Elle se disait avec effroi qu'elle aussi allait crucifier Jésus dans son cœur en recevant dans son corps, souillé par sa faute, son créateur dont elle avait sacrifié et foulé aux pieds la sainte effigie. Sa belle robe pesait sur ses épaules comme une haire de plomb. Tandis que les chantres clamaient l'hymne des anges sur le berceau de Bethléem : « Paix sur terre aux hommes de bonne volonté », Pâquette se disait avec effroi que jamais plus, en ce monde ni dans l'autre, elle ne connaîtrait la paix. Au Credo, ce fut pis encore et quand les assistants tombèrent à genoux, à l'*Homo factus est*, des larmes gonflèrent ses yeux, secs jusque-là.

Plus l'heure solennelle approchait et plus les tortures intimes de la fillette deve-

naient cruelles et pressantes. Enfin quand
le chapelain du château lequel, ce jour-là,
officiait à l'église de la paroisse, ordonna
aux fidèles d'élever leurs âmes vers Dieu,
elle n'y tint plus, et surmontant sa timi-
dité, elle arrêta au passage le vieux curé
de Tosny qui passait et repassait, son
bréviaire à la main, devant la file des com-
muniantes et demanda la faveur de l'entre-
tenir en secret. Dans la sacristie refermée
sur eux, Fleur-de-Sureau avoua en sanglotant et le visage caché dans ses mains, ses
errements et le sacrilège qu'elle avait
failli commettre. Le bon prêtre fut épou-
vanté et cependant il sourit, ouvrit son
aumônière jetée sur la table, y cher-
cha quelque temps parmi les liards et les
sous vulgaires ; puis, saisissant un objet
brillant et de petite dimension qui s'y
trouvait, il le fit voir à Fleur-de-Sureau ;
la fillette reconnut la croix de son chapelet. Le vieillard avait trouvé ce modeste
joyau le matin même dans le carrefour
des fées, en traversant la forêt, pour aller
dire sa messe dominicale à la chapelle de
Bernières. Il la rendit à Pâquette, lui
ordonna de réciter un acte de contrition,
étendit la main sur son front et prononça
la formule du pardon céleste. En se relevant
Fleur-de-Sureau vit qu'elle n'avait plus sa
belle robe. Elle rougit et blémit de confusion,
mais se consola vite en songeant qu'elle
allait recevoir le roi du ciel dans son
cœur de bergère, redevenu digne d'être le
séjour d'un hôte que l'univers est trop
étroit pour contenir, d'un hôte qui consen-
tait à devenir celui du centenier, mais
auquel la terre, avec ses trônes et ses trésors, n'est pas digne de servir de marche-
pied.

XVIII

Les années qui suivirent furent pour
Fleur-de-Sureau ce qu'elles sont pour
tous, riches ou pauvres, au village. Son
père fit d'elle une couturière à la journée :
son talent et sa vocation étant indiqués
par un goût précoce pour les affiquets, les
colifichets et la braverie. Elle devint l'ouvrière attitrée des châtelaines et revit à
des intervalles souvent trop longs à son gré,
Aldéric toujours relancé, toujours escorté
de Radegonde. Le premier passait toute
l'année, hors le temps des vacances, dans
un pensionnat de jésuites éloigné ; la seconde à Rouen chez des carmélites.

Tous deux reparurent à Tosny, leur
éducation terminée, et firent au même
moment leur « entrée dans le monde ».
Aldéric était dès lors un cavalier accompli
qui promettait de devenir en haut lieu la
coqueluche des belles filles. Il ne fut bruit
au château et par suite dans tout le village,
que de ses succès à la cour : il avait dansé
avec des princesses, et la reine, disait-on,
avait pris la peine, à diverses reprises,
de le complimenter sur sa bonne grâce.
Quant à Radegonde, elle paraissait de jour
en jour plus laide, plus vulgaire de tournure et de plus fâcheuse humeur.

On continua de trouver, à Tosny et dans
la contrée, Fleur-de-Sureau singulière en
toutes choses et « vilaine comme le péché ».
La vérité est que c'était une beauté ravissante et de tout point parfaite, comme il
ne s'en rencontre pas deux tous les cent
ans à la cour des plus grands rois.

Noël, de son côté, s'était avantageusement développé. Grand, fort, bien découplé, intelligent, il suppléait son père dans
les travaux de sa classe et, raffolait des
fleurs : surtout de celles que Pâquette

préférait et qu'il cultivait pour les lui
offrir.

Le dimanche et dans les veillées, il
faisait rarement danser d'autres filles que
sa cousine, que personne, autre que lui,
n'invitait jamais.

XIX

Pàquette était de plus en plus attachée
à Noël ; elle s'attendrissait en songeant à
l'affection touchante, au dévouement cons-
tant, à la fidélité inébranlable dont ce
compagnon de sa vie lui avait donné tant
de preuves. Elle-même eut donné pour
lui de son sang et peut-être tout son sang,
mais Aldéric était resté l'oiseau bleu des
rêves de la fille du père Fili. C'était Aldéric dont elle retrouvait en elle l'image dès
qu'elle fermait les yeux ; c'était toujours
vers lui que le jeune cœur de Fleur-de-
Sureau s'élançait de lui-même, comme
une bergeronnette des rivières retourne
d'instinct à tire-d'aile vers les roseaux de
la berge où se cache son nid.

Un jour vint où Noël demanda sa cousine en mariage. Pâquette pleura beaucoup
sans trop savoir pourquoi et mit sa main
dans celle de son cousin en sanglotant : ce
furent les plus tristes fiançailles qu'on eût
encore vues dans la contrée.

XX

Peu de temps après, de grands prépara-
ratifs se firent au château de Tosny.
Aldéric et Radegonde y arrivèrent en
chaise de poste, chacun de son côté. Eux
aussi étaient fiancés l'un à l'autre. Leur
mariage, décidé depuis la naissance des
deux jeunes gens — selon l'usage encore
assez fréquent des hautes classes en ce
temps-là, — devait se faire au premier jour.
La date en fut bientôt connue dans toute

la paroisse et se trouva justement être celle que Noël avait choisi pour se marier à Pâquette...

Celle-ci, la mort dans le cœur depuis le retour d'Aldéric — qu'elle avait revu et qui s'était extasié devant elle — eut voulu rendre éternelles chacune des journées qui la séparaient de ce jour. Ainsi que Fleur-de-Sureau avait fondu en larmes le soir où elle engagea sa foi à Noël, le futur de Radegonde, en donnant l'accolade du retour à la jeune paysanne, était devenu toute eau, comme un cep de vigne coupé en sève.

. . . .

XXI

On fit venir de Paris la robe de noces de Radegonde offerte à l'opulente héritière par une tante âgée et sans enfants. C'était une merveille qui valait une douzaine de métairies, toute au point d'Alençon avec des soutaches et des nœuds d'un goût exquis et d'une richesse inouïe. La couronne en fleur d'oranger, les gants et le voile — une gaze diaphane et resplendissante — étaient renfermés dans une délicieuse boîte à ouvrage enrichie de miniatures peintes sur fond d'azur par un des premiers artistes du temps. La jalousie enfonça au cœur de Pâquette sa dent la plus acérée quand les chambrières du laideron vinrent lui mettre sous les yeux de la couturière, dans la lingerie où elle travaillait, ce trésor contenu dans un coffret de bois des Iles, recouvert d'un filigrane d'argent aux capricieuses arabesques. Elle songea à sa robe de noces en tiretaine couleur puce, étoffe choisie par son aïeule en vue de la résistance à l'user; à son corsage de serge verte, à son tablier violet-pensée et à sa coiffe de linon autour de laquelle courait en mince liseré une maigre guirlande de

fleurettes blanches, symbole de virginité
aussi. La jeune paysanne eut été incom-
parablement plus belle sous ces simples
atours que Radegonde devait l'être dans
sa toilette fastueuse, et plus belle peut-être
eût été alors Fleur-de-Sureau que si elle
eût revêtu, au lieu et place de Radegonde,
la riche parure de la fille des châtelains
de Tosny ; mais Pâquette ne le pensait
pas ainsi et rien au monde n'aurait pu la
dépersuader de son erreur, pas même
Aldéric, dont toutes les paroles étaient
cependant pour elle comme mot d'Evan-
gile.

XXII

Aldéric se faufilait souvent du côté de
la lingerie où il savait que Pâquette travaillait ; il y pénétra sur ces entrefaites.
Le jeune homme eut alors un caprice cruel,
égoïste et sacrilège : il voulut voir l'effet
que ferait sous ces atours de reine la fille
du père Fili. Radegonde avait elle-même
essayé cette parure la veille, elle était
absente pour la journée, rien ne s'opposait
à une espièglerie innocente en apparence.
Les chambrières de Radegonde, dans les
mains desquelles Aldéric venait de glisser
une pièce vermeille s'acharnèrent à triompher de la résistance de Fleur-de-Sureau
qui refusait, confuse, balbutiante, toute
rouge d'émotion et le cœur défaillant...
Les péronnelles, stimulées par la géné-
rosité princière d'Aldéric, élevèrent sur
la tête de Pâquette, en un clin-d'œil, avec
la chatoyante, épaisse et longue chevelure
de la jeune paysanne, un édifice énorme
comme les marquises en exhibaient alors
sur leurs têtes, dans les salons du château
de Versailles, les jours où le roi de France
donnait des réceptions de gala. Fleur-de-
Sureau, conduite au salon devant une
grande glace de Venise, fut toute saisie d'or-
gueil et d'admiration en contemplant son
extravagante image. Aldéric, tombé en

extase à ses côtés, haletant d'admiration et les prunelles dilatées, semblait la personnification vivante de l'antique Stupéfaction. Fleur-de-Sureau vit ce trouble, cette ivresse, cette émotion profonde d'Aldéric ; l'innocente enfant, enivrée d'elle-même, par contre-coup, mit un pied mal affermi sur le premier degré aboutissant aux gouffres tournoyants où les vertiges de l'âme engloutissent dans l'éternelle nuit bien des anges nés pour la lumière...

Fleur-de-Sureau eut voulu mourir alors sous l'œil charmé et charmeur d'Aldéric, elle, inoffensive bergère, chétif oiselet fasciné par l'amour, vautour implacable qui déchire les cœurs.

Celui de la pauvrette était une proie facile, hélas ! et qui se défendait si peu et si mal contre le monstre...

La fillette n'eut pu dire le soir comment ni par qui elle avait été dépouillée des atours superbes destinés à sa rivale, ni à quel moment précis elle avait revêtu sa robe de froc et sa camisole de fustanelle. Sa pensée et son cœur, tout son être étaient ailleurs. Elle arracha d'une main fiévreuse les nœuds de la coiffure dont son front avait été surmonté, se blottit dans son lit sans faire sa prière et se sentit envahie d'une ardente fièvre.

XXIII

Cet état de surexcitation se prolongea. Fleur-de-Sureau ne put clore les paupières de toute la nuit. Ses yeux grands ouverts voyaient, dans les ténèbres, le visage d'Aldéric tout rayonnant de ravissement, ses grands yeux si doux et si expressifs, étincelant de passion et remplis à la fois de douleur et de joie...

Pour exciter une fois de plus l'admiration et les regrets d'Aldéric, pour sentir de nouveau, ne fut-ce qu'un moment, les regards du jeune homme se fixer sur elle,

ardents de convoitise, éperdus et déses-
pérés, Pâquette eut fait sans regret le
sacrifice de sa vie, de sa vie désormais
sans prix et sans but, de sa vie qui, pour
comble d'infortune, allait être consacrée
à un autre, auquel elle devrait désormais
compte de toutes les pensées de son cerveau, de tous les battements de son cœur,
tandis qu'elle serait à jamais séparée de
l'adoré, du fiancé unique et idéal, par le
double mur d'airain de l'absence et du
devoir...

XXIV

Le parti de Fleur-de-Sureau fut vite
pris et ancré dans sa cervelle d'une façon
irrévocable.

A minuit, elle sauta à bas de son lit, se
vêtit à la hâte, ouvrit sa fenêtre et, comme
la veille de sa première communion, se
dirigea vers le bois...

Il faisait un clair de lune indécis et
pourtant lumineux ; une brume épaisse
flottait par nuées compactes sur les eaux
du fleuve. En passant devant le clocher,
la fugitive tourna instinctivement les yeux
vers un coin du cimetière bien connu
d'elle et, comme la veille de sa première
communion, il lui sembla qu'une forme
confuse surgissait aux entours de la tombe
de sa mère et s'élançait vers la rue, éten-
dant les bras...

Tout à coup Pâquette entendit un bruit
sur ses pas et, presque aussitôt, vit passer
à ses côtés Tintenelle, la chèvre bien-
aimée qui fut sa nourrice et qui, la veille,
gisait sur la paille dans un coin de la bergerie paternelle, épuisée, goutteuse, aux
trois quarts pelée, accablée par les infir-
mités et par la vieillesse, râlant en apparence son dernier souffle. Tintenelle bondissait et caracolait sur le sentier qui mène
à la forêt avec la sveltesse et la turbulence
agile des chevrettes, comme rajeunie...

Fleur-de-Sureau ne tarda guère à se trouver vis-à-vis des Fées qui venaient à sa rencontre de ce pas léger particulier aux fantômes. Elles souriaient comme la première fois, mais toutes avaient l'index de leurs mains mignonnes posé sur le bout de leur nez en signe de reproche et de menace. Elle caressèrent cependant Pâquette comme la première fois et s'informèrent comme la première fois de ce qu'elle désirait... Dès que la fille du père Fili eût présenté sa requête, la reine des fées qui, très probablement, s'attendait à pareille demande, mit sous les yeux de la couturière une parure de mariée, robe, voile et diadème virginal.

Les festons et guipures de très bon goût dont l'étoffe de la robe était ornée, flottaient comme des ailes à la brise des nuits ; ils étincelaient comme les toiles d'araignée semées de gouttelettes de rosée que les feux de l'aube naissante changent en réseaux d'argent, tout chatoyants de rubis, d'émeraudes et de perles. C'était une gaze à la fois forte et légère, aussi ténue, aussi transparente que ces rêts presque invisibles dont la chenille du papillon destructeur des abeilles tapisse les parois d'une ruche, et réussit à prendre d'un seul coup de filet, en très peu d'heures, tout un essaim fait captif sans avoir éventé l'embûche.

Le voile était encore plus léger et plus riche ; il enveloppait de la tête aux pieds, la reine des fées qui s'en fit un suaire pendant quelques instants ; on eut dit que tous les muguets, les noctuelles et les vers luisants de la forêt s'y étaient donné rendez-vous pour y prendre leurs ébats.

La couronne était faite de sylvies nacrées, de boutons de rose sauvage à peine éclos et de narcisses plus blancs que le lait, plus chatoyants que le pôle neigeux des étoiles. Les yeux de Fleur-de-Sureau se dilatèrent d'éblouissement et d'admiration et son cœur accéléra ses battements sous la fièvre de convoitise qui s'empara d'elle.

— C'est que tu nous as déjà trompées,
— dirent câlins et menaçants, les esprits
de fallace et de ruse à la pauvrette qui
tendait déjà vers toutes ces richesses ses
deux petites mains crispées d'impatience.
— Nous ne pouvons nous fier à toi, il nous
faut un gage. La croix de ton chapelet ne
suffit plus, nous n'avons pu nous en saisir :
elle était faite de braise ardente pour nos
mains.

— Il nous faut un gage que nous puis-
sions emporter et conserver — répétèrent
les fées, — et ce gage c'est...

Fleur-de-Sureau tendit une oreille avide.

— C'est l'anneau que te passera au
doigt ton jeune fiancé quand tu lui enga-
geras ta foi et qu'il fera serment de te consacrer sa vie...

— Il nous faut ton anneau de mariage,
Pâquette ! — ricanèrent les fées avec des
éclats de voix cristallins qui tintaient distincts, vibrants et frêles comme les parois
d'une cloche de verre, heurtées en ca-
dence par le bec d'un oiselet prisonnier...

— Ecoute, Pâquette, trompeuse que tu
es, — reprit la reine des Fées, — quand
l'évêque dédia l'église de Tosny, il oublia
de consacrer le clocher : l'église est à
Dieu, mais le clocher est à nous. Aussitôt
la messe de ton mariage achevée, dérobe-
toi quelques instants : le prétexte te regarde
et ne sera pas difficile à trouver. L'une
de nous attendra ta venue dans l'escalier
qui conduit au plancher des cloches : tu
lui remettras ton anneau fraîchement bénit.
Mais prends garde ! il faudra revenir au
premier coup de minuit nous réclamer
ici la bague de Noël, sinon malheur ad-
viendra avant le lever du jour à ton jeune
époux...

— Au revoir, Pâquette ! — ricana le
troupeau des spectres, emporté dans une
ronde vertigineuse dont les cercles, com-
mencés dans le thym et le serpolet du
carrefour, se poursuivirent sur la cime
des arbres et se perdirent dans les
nuées...

XXV

Dans la chaumine enfumée du père Fili—
dont les habitants n'étaient guère à portée
de distinguer le taffetas de la dentelle, —
personne ne s'étonna outre mesure, nul
ne resta trop ébaubi devant la magnifi-
cence des atours de la mariée quand fut
venue l'heure d'en revêtir Fleur-de-Sureau.
On supposa le plus naturellement du
monde — fait qui s'était déjà produit lors
de la première communion de l'orpheline
— que tous ces précieux affiquets et lu-
xueuses fanfreluches étaient un don des
châtelaines de Tosny...

Il avait été convenu à la demeure seigneuriale et, par ricochet, sous la chau-
mière du vigneron, que les deux mariages
se feraient à la même messe : c'était une
idée de Radegonde. L'altière laideron ne
voulait pas laisser échapper cette occasion
unique d'éclipser et d'humilier Pâquette
aux regards d'Aldéric ; Pâquette affolée
de parure et qui, vis-à-vis d'une rivale cos-
tumée en vierge de l'Assomption, se ver-
rait fagotée dans quelque accoutrement
de rustaude...

— A chacun son tour, — pensait Radegonde avec une joie mauvaise, — celui
de Pâquette est venu d'être mortifiée et le
mien de triompher.

XXVI

Les deux noces se rencontrèrent sur le
seuil de la vieille église.

A ce moment, d'un ciel sans nuages
apparents, il vint à tomber une de ces
giboulées radieuses et tièdes, mêlées de
soleil, qu'on appelle dans le pays des
« Avrilées ». Les conviés des deux cor-

tèges s'engouffrèrent pêle-mêle sous la voûte massive qui précède la nef, aux petits cris suraigus des femmes affolées, tremblantes pour leurs toilettes. On juge de ce que devient l'étiquette en un pareil moment. Dans le hourvari joyeux qui se produisit. Noël et Radegonde cherchaient chacun de son côté, elle, son futur époux, lui, sa promise disparue...

Aldéric et Fleur-de-Sureau n'avaient pas eu là peine de se chercher, eux. Ils s'étaient trouvés en face et presque dans les bras l'un de l'autre. Que se produisit-il alors dans ces deux âmes, ivres de tendresse, affolées de passion, hypnotisées par un mirage de bonheur, éperdues ?

. . . .

Le sentiment de la réalité s'effaça du même coup dans leurs cervelles ébranlées, saisies du même vertige. Aldéric n'avait jamais vu Fleur-de-Sureau plus en beauté, plus admirable, plus désirable, plus séraphique. Jouet d'une irrésistible poussée du cœur, le fiancé de Radegonde saisit le bras que lui abandonna Pâquette hors d'elle-même et désemparée. Pâquette aurait suivi Aldéric en enfer sans se plaindre et sans résister. Ce fut côte-à-côte que le couple improvisé s'avança aux pieds du prêtre, tandis qu'au milieu des rires étouffés et de l'inattention de chacun, les autres couples des deux noces, cavaliers et cavalières en paniers et en cottes de futaine, en juste-au-corps de droguet et en habit de soie brodé, grouillaient confusément, se cherchant et s'appelant, presque à tâtons, sous le porche étroit et obscur...

La cérémonie commença sur le champ. Déjà Aldéric s'apprêtait à glisser au doigt mignon de Fleur-de-Sureau l'anneau symbolique des épousées, quand Radegonde et Noël se dressèrent devant eux...

Noël, interdit, tenaillé par d'affreux soupçons, attéré, désespéré ; Radegonde frémissante de colère contenue ; tous deux frappés de surprise comme d'un coup de foudre...

Le bon vieux prêtre, par une habitude de jeunesse, ne regardait jamais au visage femme ni fille : aussi ne s'était-il pas aperçu de la substitution...

Radegonde, s'élança, impétueuse, fit sa trouée entre Aldéric et la couturière et faillit renverser celle-ci; Noël recula au second rang, entraînant Pâquette.

XXVII

La stupéfaction avait d'abord été générale dans l'assistance, mais un riche et noble personnage comme Aldéric pouvait-il avoir tort bien longtemps aux yeux de ses égaux et de ses paysans ? On ne tarda guère à rire de ce qu'on prit pour une plaisanterie un peu risquée du jeune châtelain, dont les aïeux en avaient fait bien d'autres...

L'orgueilleuse fille des seigneurs de Tosny ne se prêta pas à prendre le change avec la même facilité que les indifférents sur la conduite et les sentiments de son fiancé; mais elle se résigna à dissimuler sa rancune et à différer sa vengeance — ne fut-ce que jusqu'à la nuit...

XXVIII

Noël, de son côté, parvenait difficile-
ment à s'étourdir, à secouer ses soupçons,
à réagir contre le malaise dont il avait été
saisi. Assis en face de la mariée, à l'autre
bout de la table du festin, selon la coutume
agreste de ce temps-là, il cherchait obsti-
nément du regard les doux yeux bleus
de Pâquette que les siens n'avaient pu
rencontrer une seule fois depuis la scène
de l'église...

Il n'eut pas été, le cas échéant, plus
avancé. Les yeux de la fille du père Fili
étaient restés distraits, éteints et comme
noyés dans un vague oubli de tout et
de tous. Fleur-de-Sureau semblait absente d'elle-même, étrangère à tout ce
qui se passait autour d'elle. On lui eut
demandé quand et comment le « oui »
sacramentel s'était échappé de ses lèvres,
et si c'était un serment nuptial ou des
vœux de chasteté dans un cloître qu'elle
venait de prononcer, que Pâquette n'eût
pu répondre en connaissance de cause à
ces deux questions si différentes.

Au moment où, — conduites par le
ménétrier râclant les rengaînes tradition-
nelles, — les compagnes de Fleur-de-
Sureau apportèrent le « dessert de la *bru* »
le front de la nouvelle mariée ne s'éclaircit
pas.

Une nichée de petites souris blanches
enrubannées et cinq ou six mésanges jaunes
et bleues s'échappèrent d'une soupière
dont le couvercle était soulevé par Noël et
se répandirent, les premières sur la table
et les autres dans les airs, aux cris de
surprise et d'effroi des femmes joyeuse-
ment effarées ; les éclats de rire se propa-
gèrent, contagieux et sonores, parmi les
convives ; Fleur-de-Sureau resta morne.

Quand fut venu pour elle l'instant de
répondre par les couplets de l'épousée aux

compliments à double entente et naïve-
ment taquins de la demoiselle d'honneur,
Pâquette, aux protestations unanimes de
l'auditoire, entonna la funèbre complainte
de Jean Renaud, l'époux infortuné, qui
revint de la guerre en tenant ses entrailles
dans ses mains et dont on cloua la bière
sur le seuil de la chambre où sa femme
venait de lui donner un fils !...

Malgré tout, — le vin et la bonne chère
aidant — cette tristesse de la mariée et
les préoccupations anxieuses du *bru-
ment* furent à peine remarquées et res-
tèrent submergées dans la gaieté de tous.

Pâquette et Noël avaient été invités,
ainsi que leurs convives, à venir goûter à
la maison seigneuriale où paysans et châtelains, oublieux de la différence des con-
ditions et du rang social, dansèrent à
l'envi la bourrée et le menuet aux coups
d'archet rêches et dolents des musiqueux
du village.

XXIX

Les coqs, juchés dans les vergers d'a-
lentour, ont déjà salué d'une première
fanfare l'aube future, — encore éloignée —
qui viendra clore la nuit dont fut suivie
cette journée de doubles noces...

Pâquette s'éveille en sursaut et se dresse
à demi sur la couche nuptiale au claque-
ment d'ailes d'une orfraie qui vient de
heurter la vitre...

Elle prête l'oreille : trois coups secs et
distincts, tombent lentement de l'horloge
du clocher avec un bruit de glas dans les
ténèbres...

Fleur-de-Sureau se ressouvient...

Elle porte convulsivement ses deux
mains à son front et, poussant un cri
d'angoisse, elle étendit les bras ; ses mains
rencontrèrent les mains et le front de

Noël couché à ses côtés. Elle se pencha avidement sur le visage de son jeune époux éclairé d'un furtif rayon de lune.

Les mains de Noël étaient crispées et froides, son visage blême et glacé comme celui des trépassés...

Pâquette terrifiée, sauta vivement à bas du lit, palpa et remua de nouveau ce corps inerte... Vaines tentatives.

Noël resta insensible et immobile... La mariée d'hier avait manqué son rendez-vous. Les fantômes avaient tenu leur parole : elle était veuve.

Fleur-de-Sureau, d'un bond, fut à la fenêtre : souleva la partie mobile du châssis, s'élança dans la cour et prit sa course à travers champs du côté du Bois-des-Dames, haletante et secouée d'un frisson d'agonie et d'épouvante...

. . . .

Plusieurs convives du père Fili qui trinquaient encore à ce moment, attardés dans la salle basse de la métairie, virent glisser devant la vitre une forme blanche, échevelée et furtive. Ils s'imaginèrent que c'était l'âme de la mère de Pâquette, revenue de l'autre monde pour contempler sa fille endormie au lit nuptial. Les dents de l'un d'entre eux, qui buvait, s'entrechoquèrent aux parois de son verre ; quelques-uns tombèrent à genoux et tous se signèrent...

Le lendemain, les jeunes filles de la noce qui apportaient la rôtie traditionnelle aux épousés de la veille, ne trouvèrent dans la couche nuptiale que le cadavre de Noël, les yeux clos, ayant aux lèvres un mince filet de sang... Fleur-de-Sureau ne reparut pas.

. . . .

A quelque temps de là, des paysans de
Bernières qui traversaient la forêt une
nuit de lune nouvelle se trouvèrent, au
carrefour du Bois-des-Dames, en face
d'une ronde des Fées et virent distincte-
ment Fleur-de-Sureau, dans ses beaux
atours de mariée, sa couronne de vierge
au front, dansant avec les fantômes ;
une chèvre au pelage de jais bondissait
sur les talons de sa jeune maîtresse,
comme harcelée d'un taon invisible...

. . . .

C'est depuis cette aventure que, dans la
contrée, les vieux à tête chauve, aux reins
fourbus, aux jambes alourdies par le faix
des années, ont l'habitude de répéter à
leurs fils et à leurs filles, pourvus d'enfants
qui en ont d'autres, ce conseil, lequel ne
manque pas d'un certain à-propos :

« Ne laissez pas boire à vos filles le
lait de la chèvre noire qui vous serait
amenée, une nuit de Toussaint, par un
grand chien couleur de feu hurlant *au
perdu* devant vos portes. Tenez les pau-
vrettes aussi loin que vous pourrez du
regard et des caresses du beau seigneur
en habit de velours amarante brodé en
soie de pensées bleues. Gardez avec un
soin jaloux, au temps des vendanges, vos
provins des étourneaux, vos cuvées des
guêpes et — sur toutes choses, en toute
saison — vos esprits des atteintes du Ma-
lin... »

Ainsi-soit-il.

XXX

C'est ainsi que les fileuses de chanvre,
— au temps où il y avait du chanvre et
des fileuses dans notre coin de Normandie
— racontaient entre elles l'étrange nuit de
noces de Pâquette, ses mésaventures et
sa damnation...

Mais il existe une autre version à l'u-
sage des esprits forts de la région, version
qu'un fureteur de vieilles paperasses
aurait trouvée inscrite sur les gardes d'un
registre d'état-civil de la paroisse de
Tosny. Cette narration pourrait bien avoir
été consignée là par le magister père de
Noël, lequel était en même temps sacris-
tain, et qui dressait les actes de naissance,
de mariage et de décès, au lieu et place
d'un vieux curé devenu aux trois quarts
aveugle. On sent, dans ces pages, le péda-
gogue raisonneur qui veut tout expliquer,
qui se targue d'être mieux renseigné que
les autres et qui vise à tout voir d'autre
façon...

Suivant ce grimoire, Noël n'aurait pas
été mis à mal par les fantômes ; il serait
mort d'un anévrisme...
Fleur-de-Sureau ne danserait pas depuis
des années, et pour une longue suite de
siècles, des sarabandes fantastiques aux
clairières du bois ensorcelé...

Aldéric — comme Philippe-Auguste,
marié à Ingeburge, la princesse danoise,
— n'avait pu se résigner à consommer
son mariage avec Radegonde, ni sur-
monter l'irrésistible aversion que sa
fiancée lui inspirait...

Il était parti en chaise de poste à la fin
du ballet des noces, enlevant son Agnès de
Méranie on ne sait où...

Radegonde, courroucée et désespérée
de cet abandon, dont elle ressentait vivement l'opprobre, desséchée par le dépit et
par l'ennui au cours d'un veuvage anticipé, était tombée en mal de langueur et
n'avait cessé de se morfondre dans l'alcôve
solitaire de la chambre nuptiale qu'en
exhalant, à la fleur de l'âge, le dernier
soupir...

Un cadet de l'une des principales mai-
sons de la province, chassé de son nid de
hobereaux par la misère ou l'ambition, étant
allé prendre du service au-delà des Pyré-
nées, avait retrouvé à Madrid Aldéric, vêtu
d'un habit de cour, doré et chamarré,
grand d'Espagne de première classe,
aide-de-camp du prince des Asturies, et
gouverneur militaire de l'Escurial. D'un
poste infime de petit officier au service
des princes de la maison d'Autriche, il
s'était élevé par degrés au grade de géné-
ral et il avait été fait prince du Saint-
Empire au cours des grandes guerres qui
avaient ensanglanté l'Allemagne. Il était
devenu titulaire de la Toison-d'or et portait en sautoir le cordon bleu des ordres
du roi de France ; sa poitrine était cons-
tellée de toutes les étoiles et de tous les
crachats que conféraient à cette époque
les chancelleries des monarchies et des
républiques du vieux continent.

Plus heureux que Philippe-Auguste,
Aldéric avait vu son mariage avec Radegonde annulé par le pape et l'épouse légi-
time de ce personnage de haute marque
n'était autre que Fleur-de-Sureau...

Voilà ce que débitent à tout venant les esprits forts dans toute la vallée de la Basse-Seine et sur les plateaux du Vexin, mais l'histoire de Pâquette, ainsi défigurée, est-elle moins invraisemblable, plus intéressante ou plus merveilleuse ?

Non certes ; et ce sont les fileuses de chanvre qui ont dit vrai.

VERNEUIL

IMPRIMERIE ET LITHOGRAPHIE J. GENTIL.